안녕하셨어요?

겨울이 올 것 같아 난로를 꺼냈습니다.

따뜻했습니다. 당신들처럼……

"안녕하셨어요?"

안부를 묻기에는

너무 뻔뻔스럽던 철없는 시인 같고

"2002년 12월

《안녕》이란 시집으로

멋대로 안녕을 했던

철없던 시인 원태연입니다."

라는 인사말로 시작하면

다시 시를 쓴

제

마음의 고백을

대신할 수 있을 것 같습니다.

진짜 미안하고 정말 감사했나 봅니다.

몇 권의 책을 내면서 이렇게 어려운 인사말은

처음이거든요.

새로운 시 30편을

예전에 원태연이 쓴 70편에 기대어

조심스럽게 한 권의 시집으로 만들어보았습니다.

그땐 몰랐던 고마운 당신들에게

그리고 혹시 아직도 원태연을 기다렸을 당신을 위해서.

2020년 10월 21일 새벽 3시 58분에

철없던 시인 원태연

그런 사람 또 없습니다

원태연 필사시집

그런 사람 또 없습니다

초판 1쇄 발행 2020년 11월 10일
초판 24쇄 발행 2021년 2월 3일

지은이 l 원태연
펴낸이 l 金滇珉
펴낸곳 l 북로그컴퍼니
주소 l 서울시 마포구 월드컵북로1길 60(서교동), 5층
전화 l 02-738-0214
팩스 l 02-738-1030
등록 l 제2010-000174호

ISBN 979-11-90224-63-5 03810

· 잘못된 책은 구입하신 서점에서 바꿔드립니다.
· 이 책은 북로그컴퍼니가 저작권자와의 계약에 따라 발행한 책입니다. 저작권법에 의해 보호받
  는 저작물이므로, 출판사와 저자의 허락 없이는 어떠한 형태로도 이 책의 내용을 이용할 수 없
  습니다.
· 이 도서의 국립중앙도서관 출판예정도서목록(CIP)은 서지정보유통지원시스템 홈페이지
  (http://seoji.nl.go.kr)와 국가자료공동목록시스템(http://www.nl.go.kr/kolisnet)에서 이용하
  실 수 있습니다.(CIP제어번호: CIP2020045040)

원 태 연
필사시집

그런 사람 또 없습니다

북로그컴퍼니

내가 욕한다고 해서
같이 욕하지 마십시오.
그 사람 아무에게나 누구에게나
욕먹고 살 사람 아닙니다.

나야 속상하니까,
하도 속이 상해 이제 욕밖에 안 나와 이러는 거지
어느 누구도 그 사람 욕할 수 없습니다.

그런 사람 또 없습니다.
그렇게 따뜻하고 눈물이 나올 만큼
나를 아껴줬던 사람입니다.
우리 서로 인연이 아니라서 이렇게 된 거지,
눈 씻고 찾아봐도 내게는
그런 사람 또 없습니다.

따뜻한 눈으로

나를 봐줬던 사람입니다.

어쩌면 그렇게 눈빛이 따스했는지

내가 무슨 짓을 하고 살아도

이 사람은 이해해주겠구나 생각 들게 해주던,

자기 몸 아픈 것보다

내 몸 더 챙겼던 사람입니다.

세상에서,

이렇게 많은 사람들이 사는 세상에서

유일하게 나를 사랑해주었던 한 사람입니다.

아파도 내가 아프고

찢어져도 내 가슴이 찢어지는 것입니다.

위로한답시고

그 사람 욕하지 마십시오.

내가 감기로 고생할 때

내 기침 소리에 그 사람 하도 가슴 아파해

기침 한 번 마음껏 못 하게 해주던 사람입니다.

예쁜 옷 한 벌 입혀주고 싶어서

쥐뿔도 없이 지켜왔던 자존심까지

버릴 수 있게 해주던 사람입니다.

나름대로 얼마나 가슴 삭이며 살고 있겠습니까?

자기가 알 텐데…….

내가 지금 어떻다는 걸 알면서도 어쩔 수가 없을 텐데.

언젠가 그 사람, 이런 얘기를 한 적이 있습니다.

'사랑하는 사람은 멀리 있어야 한다고,

멀리 있어야 아름답다고…….'

웃고 좀 살라고 얘기하는 사람들은 모릅니다.

내가 왜 웃을 수가 없는지 상상이나 할 수 있겠습니까?

그 사람과 하도 웃어서 너무너무 행복해서

몇 년 치 웃음을 그때 다 웃어버려

지금 미소가 안 만들어진다는 걸.

인연이 아닐 뿐이지

그런 사람 또 없습니다.

그 사람 끝까지 나를 생각해줬던 사람입니다.

마지막까지 눈물 안 보여주려고

고개 숙이며 얘기하던 사람입니다.

탁자에 그렇게 많은 눈물 떨구면서도

고개 한 번 안 들고

억지로라도 또박또박 얘기해주던 사람입니다.

울먹이며 얘기해서 무슨 얘긴지

다 알아들을 수는 없었지만

이 사람 정말로 나를 사랑하는 사람이구나

알 수 있게 해주던 사람입니다.

있습니다.

그런 상황,

말할 수 없지만 그러면서도

헤어져야 하는 상황이 있더란 말입니다.

이연이라고 합디다.

이승의 인연이 아닌 사람들을 이연이라고들 합디다.

그걸 어쩌겠습니까! 이승의 인연이 아니라는데.

연이 여기까지밖에 안 되는 인연이었던 것을.

그런 사랑 나중에 다시 한번 만나기를 바랄 수밖에…….

그런 사람 또 없습니다.

연이 아니라서 그렇지,

인연이 아니라서 그렇지

내게 그렇게 잘해주었던 사람 없습니다.

그런 사람 또 없습니다.

아무리 죽이니 살리니 해도

내게는 그런 사람 또 없습니다.

일러두기

· 앞에 수록한 글은 원태연 시인의 에세이 〈그런 사람 또 없습니다〉의 전문입니다.
· 구작 시 70편과 신작 시 30편을 수록했습니다. 이 책의 차례를 참고하시면 신작 시 목록을 확인하실 수 있습니다.
· 맞춤법의 경우 국립국어원 규정을 따랐으나, 시인의 입말과 의도를 살리기 위해 따르지 않은 것도 있습니다.
· 동명 시의 경우 두 번째로 등장하는 시부터 순번을 표기하였습니다.

※ 신작 시의 경우 제목 뒤에 * 표기를 붙였습니다.

Part 3

나
밤
이
면
슬
퍼
지
는
이
유

Part 4

오늘이라도 위해

Part 1

너는 내 차원의 끝

알아!

넌, 가끔가다
내 생각을 하지!
난 가끔가다
딴 생각을 해

정체

혼자서는 움직일 수 없는 나

그렇다면 너는 바람이었을까?

안녕

사랑해 처음부터 그랬었고 지금도 난 그래
그래서 미안하고 감사하고 그래
우린 아마
기억하지 않아도 늘 생각나는 사람들이 될 거야
그때마다 난 니가 힘들지 않았으면 좋겠고
내가 이렇게 웃고 있었으면 좋겠어
사랑하는 사람들은 왜 그렇잖아
생각하면 웃고 있거나 울게 되거나 ⋯⋯
그래서 미안하고 감사하고 그래
사랑해
처음부터 그랬었고 지금도 그래

괜찮아

사랑했잖아 니가 그랬고 내가 그랬잖아

그래서 우리는 하나였고 떨어져 있으면 보고 싶어
했잖아

난 너를 보고 있을 때도 좋았지만

니가 보고 싶어질 때도 좋았어

재미있고 아름다웠고

꼭 붙잡아두고 싶던 시간을 보낸 거 같아

니가 정말 소중했었어

그래서 잘 간직하려고 해

난

너를 보고 있을 때도 좋았지만

니가 보고 싶어질 때도 참 좋았으니까.

비
까
지

오
다
니

안 그래도 보고 싶어 죽겠는데

전화벨만 울려도

눈물이 날 것만 같은데.

사랑의 크기

사랑해요
하늘때는 모릅니다
얼마나 사랑하는지
사랑했어요
하늘때아 알수있습니다
하늘이 내려앉은 다음에아
사랑
그크기를 알수있습니다

두려워

너를 예를 들어

남을 위로할 때가 올까 봐

나도 그런 적이 있었다고

담담하게 말하게 될까 봐.

다 잊고 사는데도

다 잊고 산다
그러려고 노력하며 산다
그런데
아주 가끔씩
가슴이 저려올 때가 있다
그 무언가
잊은 줄 알고 있던 기억을
간간이 건드리면
멍하니
눈물이 흐를 때가 있다
그 무엇이 너라고는 하지 않는다
다만
못다 한 내 사랑이라고는 한다

어느 날

정말 보고 싶었어 그래서 다

너로 보였어 커피잔도

가로수도 하늘도 바람도

횡단보도를 건너가고 있는 사람들도

다 너처럼 보였어

그래서 순간순간 마음이 뛰고

가슴이 울리고 그랬어

가슴이 울릴 때마다

너를 진짜 만나서 보고 싶었어

라고 얘기하고 싶었어.

하루에도 몇 번씩

하루에도 몇 번씩
전화를 하고 싶어
하루에도 몇 번씩
짜증을 내고 싶어
하루에도 몇 번씩
고백을 하고 싶어
하루에도 몇 번씩
사랑을 하고 싶어
하루에도 몇 번씩
너를 보고 싶어
넌 누구니?

상큼할 것 같아요

세 시에 전화하려거든
네 시에 하겠다 해주세요
기다리는 설렘도 좋지만
생각 없이 받은 전화에서
당신의 음성이 들려오면
너무너무 상큼할 것 같아요

친구들과 만나려거든
내가 잘 가는 동네에서
약속하세요
한 번쯤은 우연히 만나
이건 운명이에요 하고 억지 부려
하루 종일 쫑알거리며
내 마음 보여주고 싶어요.

그냥 좋은 것

그냥 좋은 것이

가장 좋은 것입니다

어디가 좋고

무엇이 마음에 들면,

언제나 같을 수는 없는 사람

어느 순간 식상해질 수도 있는 것입니다

그냥 좋은 것이

가장 좋은 것입니다

특별히 끌리는 부분도

없을 수는 없겠지만

그 때문에 그가 좋은 것이 아니라

그가 좋아 그 부분이 좋은 것입니다

그냥 좋은 것이

그저 좋은 것입니다.

어
디
가
그
렇
게
좋
아

너는 내 마음 어디가 좋아서

머물러 있는 거니

내 가슴 어느 구석이

그렇게 맘에 들어

머물다 머물다

한 부분이 되었니

너를 버리면

내 가슴 한쪽을 떼어내야 할 정도로

어디가 그렇게 좋은 거니?

사랑의 진리

만날 인연이 있는 사람은
지하철에서 지나쳐도
거리에서 다시 만날 수 있지만
헤어져야 할 인연인 사람은
길목을 지키고 서 있어도
엇갈릴 수밖에 없다
이런 진리를 알고 있으면서도
다시 한번 엇갈린 골목에서
지키고 서 있을 수밖에 없는 것이
또, 사랑의 진리이기도 하다.

사랑이란

거꾸로 들고
끝에서부터 읽은 책.

사랑이란 2

너는 내 거울이야, 내 마음의 거울. 나는 너를 만나고 나서 내가 어떤 사람인지 알게 됐거든. 너는 나랑 비슷한 사람이니까 이해할 수 있을 거야. 큰소리로 말하는 사람을 싫어하는 것도, 기분이 안 좋아지면 양치를 하는 것도, 북적거리는 곳에 오래 있지 못하는 것도, 사람들이 다 잠든 밤을 좋아하는 것도. 그래서 너한테 날 보여주고 싶은데 그게 이렇게 힘들다. 사실 난 나를 잘 모르거든…… 그래서 니가 날 좀 읽어줬으면 좋겠어……

천천히

오래오래

또박또박, 또박.

신혼부부를 위해서

저희 결혼열차를 이용해주시는 손님들께

잠시 안내 말씀 드리겠습니다

이것이 행복이구나 느껴질 때

그 느낌 조금씩 모아놓고

다소 짜증스러울 때 찾아 쓰십시오

살아가는 일들이 권태스러울 때는

함부로 부르기조차 소중했던 그때가 있었으니

한 번 웃음으로 눈을 마주치십시오

손님들이 그려 넣어야 할 남은 시간

생각지도 못했던 그림이 그려질 수도 있습니다

누구도

지워주지도

그려주지도 못합니다

이제 인생이란 철로에

결혼기차는 출발했습니다

영원역까지

부디 행복한 여행이 되시기를 바랍니다

대단히 감사합니다.

차원의 끝

1차원은 점

2차원은 선

3차원은 스크린

4차원은 또라이

5차원은 몰라

스티븐 호킹 박사는 16차원을 봤고

너는 내 차원의 끝.

욕심

비 맞고 니가 걷고 있으면
우산이 되어줄게
옷이 젖어 떨고 있으면
따뜻한 커피가 되어줄게
커피 마시다 허전해지면
분위기 있는 음악이 되어줄게
음악 듣다 뭉클해지면
눈물이 되어줄게
울다가 누군가 그리워지면
전화가 되어줄게
그 대신 있잖아
꼭
우리 집에 걸어야 돼.

낚시터

걸린다
또 걸린다
미끼인 줄 알면서,
두 눈이 달렸기에
정확히 알면서도
걸린다
또 걸린다
꾸물꾸물 유혹하는
구수한 희망에
걸린다
또 걸린다

오직 하나의 기억으로

오직 하나의 이름으로
간직하고 싶습니다
많은 괴로움이 자리하겠지만
그 괴로움이
나를 미치게 만들지라도
미치는 순간까지
오직 하나의 이름으로
간직하고 싶습니다
그 하나의
오직 하나의 이름으로
기억되고 싶습니다
두 번 다시 볼 수 없다 해도
추억은
떠나지 않은 그리움으로
그 마음에 뿌리 깊게 심어져
비가 와도
바람이 불어도
흔들림 없이
오직 하나의 이름으로
기억되고 싶습니다.

너는 내 차원의 끝

하나만 넘치도록

오직 하나의 이름만을
생각나게 하여 주십시오
해님만을 사모하여
꽃 피는 해바라기처럼
달님만을 사모하여
꽃 피는 달맞이꽃처럼
피어 있게 하여 주십시오
새벽 종소리에 긴긴 여운
빈 가슴 속에
넘치도록 채워주십시오
하나만 넘치도록 ⋯⋯

사
랑
해
요

문득

가슴이 따뜻해질 때가 있다

입김 나오는 겨울 새벽

두꺼운 겨울 잠바를 입고 있지 않아도

가슴만은

따뜻하게 데워질 때가 있다

그 이름을 불러보면

그 얼굴을 떠올리면

이렇게 문득

살아 있음에 감사함을 느낄 때가 있다.

일
기

　자다가도 일어나 생각나는 사람이 있었으면 좋
겠습니다

　얼핏 눈이 떠졌을 때 생각이 나

　부시시 눈 비비며 전화할 수 있는 사람

　그렇게 터무니없는 투정으로 잠을 깨워놔도

　목소리 가다듬고

　다시 나를 재워줄 수 있는 사람이 있었으면 좋겠
습니다

　내가 워낙에 욕심이 많은 것일까 생각도 들지만

　그런 욕심마저 채워주려 노력하는 사람이 생겨
준다면

　그 사람이 채워주기 전에

　욕심 따위 다 버릴 수 있을 것 같은데 말입니다

　양치를 하다가도

　차가 막힐 때도

　커피를 사러 가다가도 생각이 나는 사람

　그런 사람 있다면

　그런 사람이 나를 원해준다면

　자다가도 일어나 반겨줄 것 같습니다.

너는 내 차원의 끝

차
이

너는 나를 사랑했고 나는 니가 필요했다.

알
아
!

넌, 가끔가다

내 생각을 하지!

난 가끔가다

딴생각을 해.

알아 !

너   가끔가끔
내   생각을 하지
나는   가끔가끔
너는   생각을 해

Part 2

당신 없이 지내고 있는
내 모든 시간들

취미

너가 내 취미였나 봐
너 하나 잃어버리니까
모든 일에 흥미가 없다
뭐 하나 재미난 일이 없어

미련

사랑이 떠나버린 사람의 가슴을
다시 한번 무너지게 하는 것은
길에서 닮은 사람을 보는 것보다
우연히 듣게 된 그 사람 소식보다
아직 간직하고 있는 사진보다
한밤에 걸려온
그냥 끊는 전화일 것입니다.

보고 싶은 얼굴

나는 지금 그대에게 전화를 걸어
커피를 함께 마시자고 할 생각입니다.

당신 없이 지내고 있는 내 모든 시간들

누군가 다시 만나야 한다면

다시 누군가를 만나야 한다면
여전히 너를
다시 누군가를 사랑해야 한다면
당연히 너를
다시 누군가를 그리워해야 한다면
망설임 없이 또 너를
허나
다시 누군가와 이별해야 한다면
다시 누군가를 떠나보내야 한다면
두 번 죽어도 너와는…….

통증

시간이 약이라고 하던데
그래서 이렇게 쓴가 보죠
당신 없이 지내고 있는 내 모든 시간들.

나무

왜 하필 나는

당신 가슴속에서

태어났을까요

넓은 곳에서

자유로운 곳에서

아름다운 곳에서 태어나지 못하고

여기서만 이렇게

자라나고 있을까요.

사랑의 시

세상에서
제일 아름다운 길은
누군가를 기다리는 길, 그 길

세상에서
가장 행복한 길은
누군가를 만나 함께 걷는 길, 그 길

세상에서
제일 아름답고
가장 행복한 길은
언제고 혼자 걸을 때
굉장히 아플 거란 걸 직감하면서
꼭 잡은 그 손을 더 꽉 잡고 걸었던 길, 이 길

미련한 미련

만나면서도

잊혀지는 사람들이 허다한데

하필 우리는

헤어지고 생각나는 사람들일까요

남들은 쉽게 잊고들 사는데

뭐 그리 사랑이 깊었다고

갈수록 진하게 떠오르는

연인 아닌 연인이 되는 것일까요

쉽게 잊고들 사는

무던한 가슴들이

한없이 부럽습니다.

미련한 결과

마음이 약해지면

평소에 지나쳤던 것을

자세히도 느끼게 된다

그래서 마음이 약해지면

이것저것

더 슬퍼질 일이 많아진다

이것저것

찾아내서 슬퍼진다.

당신 없이 지내고 있는 내 모든 시간들

다른 무엇을 더……

다른 무슨 말을 했어야 했나
가지 말라 했는데
이유도 찾을 수 없이
그냥 가지 말아달라 했는데

다른 무슨 몸짓을 했어야 했나
울어보지도 못하고
마침 불어온 가을바람에
머리칼만 날렸는데
몸이 말을 듣지 않아
손 한번 내밀어보지도 못했는데

다른 무슨 행동을 했어야 했나
밀어닥칠 아픔에
떨고 있는 가슴 안고
마냥 무너질 수밖에 없었는데
더 뭘 했어야
한 번이나마
돌아봐주었을까
잠시나마
망설여주었을까.

비
내
리
는

날
이
면

비 내리는 날이면
그 비가 촉촉이 가슴을 적시는 날이면
이곳에 내가 있습니다
보고 싶다기보다는
혼자인 것에 익숙해지려고

비 내리는 날이면
그 비가
촉촉이 가슴을 적시는 날이면
이곳에서
눈물 없이 울고 있습니다.

어느 날 2

눈물을 흘리는 게 확 유행이 됐으면 좋겠어
그래서 사람들이
조금만 슬퍼도
아무 데서나 펑펑 울어버렸으면 좋겠어
나도 좀 같이 울게.

…… 있다면

…… 있다면
다시 시작할 수만
없었던 일로 만들 수만
…… 있다면 하는 생각을
슬픈 바램을
머리 자르듯 자를 수만
어린 기억처럼 잊을 수만
…… 있다면.

당신 없이 지내고 있는 내 모든 시간들

때늦은 편지

구름처럼 맴돌고 싶었다고. 바람처럼
스치고 싶었다고. 떠나지면 떠나지는 대로
만나지면 만나지는 대로
그런 사랑했을걸 그랬었다고.

욕심 2

단 한 번만이라도 듣고 싶다고
당신 입에서 나온 내 이름을
단 한 번이라도 보고 싶다고
당신 눈에 비친 내 얼굴을
날 잊을 수 없을 것 같다고
잊지 않겠다고
그냥 해본 소리라도 좋으니
단 한 번이라도
듣기를 원하고 있다고…….

어
쩌
죠

까맣게 잊었더니

하얗게 떠오르는 건.

기다림

가장 고된 날을 기다렸다가
그대에게 전화를 걸지요
고된 날에는
망설임도 힘이 들어 쉬고 있을 테니까요

가장 우울한 날을 기다렸다가
그대에게 편지를 쓰지요
우울한 날의 그리움은
기쁜 날의 그리움보다
더 짙게 묻어날 테니까요

고된 일을 하고
우울한 영화를 보는 날이면
눈물보다 더 슬픈 보고픔을 달래며
그대의 회답을 기다리지요

얼마나 좋을까

너의 작은 두 손에
붉은 장미가 아니더라도
하얀 안개가 아니더라도
내 마음 전해줄 수 있는
꽃 한 송이 안겨줄 수 있다면
너의 맑은 두 눈에
그리움이 아니더라도
보고픔이 아니더라도
내가 알아볼 수 있는
어떤 느낌이 비추어진다면

어느 한 사람이
내 생각으로 마음고생을 한다면
목메도록 나를 그리워해
전화벨 소리에도
가슴이 내려앉는다면
많이 미안하겠지만
그러고 산다는 걸
내가 알게 한다면
그리고 그 사람이
바로 너였으면.

상처

먹지도 않은 생선가시가

목에 걸려 있는 것 같다

그것도

늘.

당신 없이 지내고 있는 내 모든 시간들

오래달리기

눈이 내리십니다

눈이 내리신다고 말씀하시던 할머니와

할머니처럼 나를 사랑해준 또 한 사람이 생각납
니다

그 사람의 이름이 목소리가 사는 동네가 체온이
습관이 생각나면

그 이름을 목소리를 사는 동네를 체온을 습관을
생각하는 뇌파가 전달될까 겁이 나

그 이름이 목소리가 사는 동네가 습관이 생각나
지 않을 때까지 달리고 또 달리고 또 달립니다

눈이 내리십니다

눈이 내리신다고 말씀하시던 할머니와

할머니처럼 나를 사랑해준 또 한 사람이 생각납
니다.

외
로
워

슬픔 덩어리는

누군가

아니

좋아하는 사람이

아니

사랑하는 사람이

아니

마음속에 들어와버린 사람이

아니

좋아하고, 사랑하고, 마음속에 들어와버린 사람이

자신을 떠나버릴 것 같으면

무서워서

그 사람을

먼저

떠나버리는

바보 같은

습관이

생겨버렸습니다.

우울해지는 이유

잊으려는 고통보다
잊혀지는 슬픔이
더 크기 때문에.

서글픈 바람

누가 오기로 한 것도 아니면서

누굴 기다리는 사람처럼

삐그덕 문소리에

가슴이 덜컹 내려앉는다

누가 오기로 한 것도 아니면서

누굴 기다리는 사람처럼

두 잔의 차를 시켜놓고

막연히 앞 잔을 쳐다본다

누가 오기로 한 것도 아니면서

누굴 기다리는 사람처럼

마음속 깊이 인사말을 준비하고

그 말을 반복한다

누가 오기로 한 것도 아니면서

누굴 기다리는 사람처럼

나서는 발길

초라한 망설임으로

추억만이 남아 있는

그 찻집의 문을

돌아다본다.

서글픈 요령

내가 알 수 없는 것이라면
굳이 알려 하지 않겠습니다
알고 싶지 않아서가 아니라
모르는 쪽이 덜 힘들 테니까

내가 들어갈 수 없는 마음이라면
굳이 다가가려 하지 않겠습니다
다가가고 싶지 않아서가 아니라
뒷걸음치는 걸 보고 있기 힘들 테니까

내가 잊을 수 없는 거라면
굳이 잊으려 하지 않겠습니다
잊으려 힘들어하는 것보다
기다려보기라도 하는 것이
쉬운 일일 테니까.

당신 없이 지내고 있는 내 모든 시간들

지평선

어제도

오늘도 기다렸건만

그는 자꾸

내일 온다고만 한다

잊지도

잃지도 못하고

어제도

오늘도 기다리건만

그는 매일

내일 온다고만 한다.

욕심 2

단 한 번만이라도 듣고 싶다고

당신 입에서 나온 내 이름을

단 한 번이라도 보고 싶다고

당신 눈에 비친 내 얼굴을

날 잊을 수 없을 것 같다고

잊지 않겠다고

그냥 해본 소리라도 좋으니

단 한 번이라도

듣기를 원하고 있다고…….

욕심 2

단 한번이라고 듣고 싶다고
당신 입에서 나도 내 이름을
단 한번이라고 보고 싶다고
당신 늘에 비친 내 얼굴을
날 잊을 수 없는 것 같다고
잊지 않겠다고
그냥 해보는거라고 좋아
단 한번이라고
들기는 원하고 있다고 ....

Part 3

나 밤이면
슬퍼지는 이유

경험담

모르는 사람을
사랑하는 사람으로 만드는 일보다
사랑했던 사람을
모르는 사람으로 만드는 일이
몇백배는 더 힘든 일이다

이별역

이번 정차할 역은

이별 이별역입니다

내리실 분은

잊으신 미련이 없는지

다시 한번 확인하시고 내리십시오

계속해서

사랑역으로 가실 분도

이번 역에서

기다림행 열차로 갈아타십시오

추억행 열차는

손님들의 편의를 위해

당분간 운행하지 않습니다.

허튼 물음

눈물이었습니까
등을 보이려던 그때
하얀 눈을 충혈시킨 것은

아쉬움이었습니까
몇 걸음 걷다
멈칫하신 것은

알고 있습니다
다 알고 있습니다
행여라도 돌아오실 일 없으리라는 걸
다 알면서도 묻고 싶습니다
이것으로 마지막인지요
정말로
안녕인지요.

필요 없어진 준비

그대와 헤어지면 흘리려고
많은 눈물을 준비해두었는데⋯⋯

그대와 헤어지면 위로받으려고
많은 친구를 만들어두었는데⋯⋯

그대와 헤어지면 보내려고
많은 편지를 써놓았는데⋯⋯

어쩌면
한 방울 눈물도 없고
만나자는 친구도 피해지고
써놓았던 편지도 찢어버리고

그야말로
아무 일도 할 수가 없어졌습니다
하고 싶지 않아졌습니다.

2-1=0

둘에서

하나를 빼면

나머지 하나는

과연 온전할 수 있을까…….

울지 못하는 아이

너무 사랑했다

그래서 니가 난 줄 알았다

그래서 너를 나처럼 생각하고

나처럼 마음대로

웃고

울고

취하고

아프게 하면서

그래도 너는 나처럼

죽을 때까지 내 옆에 있을 줄 알았다

너무 사랑했다.

이런 날 만나게 해주십시오

이런 날 우연이 필요합니다

그 애가 많이 힘들어하는 날

만나게 하시어

그 고통 덜어줄 수 있게

이미 내게는 그런 힘이 없을지라도

날 보고 당황하는 순간만이라도

그 고통 내 것이 되게 해주십시오

이런 날 우연이 필요합니다

내게 기쁨이 넘치는 날

만나게 하시어

그 기쁨 다는 줄 수 없을지라도

밝게 웃는 표정 보여줘

잠시라도 내 기쁨

그 애의 것이 되게 해주십시오

그러고도 혹시 우연이 남는다면

무척이나 그리운 날

둘 중 하나는 걷고 하나는 차에 타게 하시어

스쳐 지나가듯

잠시라도 마주치게 해주십시오.

사랑한다는 것은

이렇게 속으로는 조용히 울고 있다는 것을
그대는 모르게 하는 일.

우리 일

내가 입 다물면
너 혼자만 알고 있는 일
네가 입 다물면
나 혼자만 알고 있는 일
둘 다 모른 체하면
없었던 일이 되어버리는 일
둘 중 하나가 잊고 살면
나머지 하나의 가슴에 피멍이 드는 일

둘 다 기억하고 살면
가슴 한 쪽 데어놓고 사는 일
둘 다 잊고 살면
아무렇지 않고 사는 일
정말로 없었던 일이 되는 우리 일
우리란 말이 어색해지는 우리 일

우주
미
아

사랑은 마치
깜박이는 신호등 같았고

나는 항상
뛸지 말지 망설인 채
언제 바뀔지 모를 신호를 기다리며

대열을 이탈한 유치원생처럼
배고파 도로에 내려앉은 비둘기처럼
누군가 밟고 지나간 아스팔트 위 껌처럼

무섭고 위험하고 비참했다.

후회

아니었지

그러는 게 아니었지

외투라도 벗어두고 나오는 건데

지갑이라도 두고 나와야 했지

그는

그 자리에서 한참 있었을 텐데

일어설 기운도 없었을 텐데

아니었지

그렇게 모질게 일어나는 게

아니란 말이었지

한 번쯤 잡을 기회라도

주어야 했었지

잡히고 싶은 마음은

조금 더 키웠어야 했지.

비
가
와

버스 창에 비가 부딪힙니다

수건으로 사이드 미러를 닦는 기사 아저씨

어딘가로 전화를 걸고 있는 남학생

수학 문제를 풀고 있는 여학생

누군가의 얘기가 끝나기를 기다리며 신나게 떠
들고 있는 아주머니 세 명

멍하니 창밖을 바라보는 할머니

잠꼬대를 하며 꾸벅꾸벅 졸고 있는 할아버지

그 밖에 비를 보며 어딘가로 가는 승객들 모두 쓸
쓸해 보이는 건

버스 창에 부딪히는 비 때문만은 아닌 것 같습니
다

버스 창에

빗방울이 부딪힙니다

이제 가슴 아플 일만 남았습니다.

나 밤이면 슬퍼지는 이유

비
가
와
2

나는 비가 좋아

우산이 나를 숨겨주잖아

난 추운 거보다

내가 추워 보이는 게 더 싫거든.

그대의 나

나는 너랑 똑같은 사람이 되고 싶어

너처럼 숨 쉬고 너처럼 웃고 너처럼 울고

너처럼 말하고 너처럼 사랑하고 너처럼 아파하는

나는 내가 아닌 너랑 똑같은 사람이 되어 너처럼 살고 싶어

그래서 꼭 알고 싶어. 도대체 어떻게 나 같은 인간을 사랑할 수 있었는지

얘기했잖아. 난, 나는 니가 생각하는 니가 사랑하는 그런 사람이 아니라고…… 나는.

그
때
의
나

벌써 15년 전 일입니다. 지하철을 타고 영어학원에 가는 길에 목 끝까지 단추를 채운 어떤 여자애가 맞은편에 앉았습니다. 그때 난 수줍은 소년이었고 그래서 그 아이가 날 쳐다보면 딴 델 봤고 내가 보면 그 아이가 딴 델 봤습니다. 그러다가 난 내려야 할 역에서 내려버렸고 문이 닫히고 지하철이 떠나기 시작할 때 목 끝까지 단정히 단추를 채운 그 아이는 세상에서 가장 아름다운 미소로 날 보고 웃고 있었습니다. 참담했고 지하철 문을 부수고 싶었습니다. 그다음 날부터 한동안 같은 시간에 그 지하철을 탔지만 그 아이는 거기 없었습니다. 벌써 15년 전 일입니다. 나는 그런 일을 다시는 되풀이하고 싶지가 않았습니다.

그대의 나, 그때의 나

아픔이 뭔지 아니?

내가 할 수 있는 게 아무것도 없는 거야……

눈물이 왜 따뜻한지 아니?

내가 할 수 있는 게 아무것도 없어서야…….

이유

이별한 순간부터

눈물이 많아지는 사람은

못다 한 사랑의 안타까움 때문이요

말이 많아지는 사람은

그만큼의 남은 미련 때문이요

많은 친구를 만나려 하는 사람은

정 줄 곳이 필요하기 때문이요

혼자만 있으려 하고

가슴이 아픈지조차 모르는 사람은

아직도 이별을 실감하지 못하기 때문이다.

이유 2

나 밤이면 슬퍼지는 이유는

그대 밤이면 날 그리리라는 걸 알고 있기

때문이고

나 술 마시면 미어지는 이유는

그대 술 마시다 흘리고 있을 눈물이 아파

보여서이고

나 음악을 들으면 눈물 나는 이유는

그대 음악 속의 주인공으로 날 만들어 듣고

있기 때문이고

나 이런 모든 생각 떨쳐버리지 못하는 이유는

떨쳐버리고 나면 무너질

나를 위해서입니다.

이
별
의
노
래

그림자 밟고 걷다 갈 길을 잃어버리고
사랑 참 못됐구나, 마음도 잃어버렸다.

진
짠
데

진짜야

비 오는 날 혼자 처량히 비 맞고 있는

공중전화가 쓸쓸해 보여

그냥 한번 들어갔던 거야

진짜야

마침 그 안에 동전이 남아 있었고

그냥 끊으면 낭비잖아

그래서 한번 걸어봤던 거야

진짜야

전화 걸 마음도 없이 들어갔으니

막상 생각나는 번호가 있어야지

그래서 생각나는 대로 눌러봤을 뿐이야

진짜야

그 애가 받을 줄 몰랐단 말야

생각해봐 얼마나 당황했는지

놀래서 그냥 끊은 것뿐이야

…… 진짠데.

이별의 뒷모습

미술관에 있는 그림들은 좀 슬퍼 보이잖아

거기 있기 싫은 것처럼.

네가 내 곁을 떠났을 때

내 옆엔
낯선 사람들이 있었고
술이 있었다
생각이 있었고
후회가 있었으며
쓰라림이 있었다
그리움이 있었고
눈물이 있었다
매일
매일

예감한 이별

이별을 예감하는 일이란

피멍 든 가슴에

비수가 꽂히는 아픔보다

통증이 심한 것

눈앞에 두고도

싸늘히 이별을 느낄 때가

이별 후의 시간보다

더 힘들 수도 있는 것.

요즘 우리는

이별하려고
사랑을 하고 있다.

이 모든 아픔 언제쯤

처음에는 서러웠어요

밤새 뒤척이며

서글픈 눈물 알아서 닦아야 했어요

조금 더 울다 외로워졌어요

어디를 가도 혼자라는 생각에

어떠한 만남이든 둘이 있으면 무작정 부러웠어요

그러고는 그리워졌어요

그 웃음이, 눈빛이, 표정이, 목소리가

사무치도록 그리웠어요

알고 싶지 않았어요

쓸쓸함만은

친구도 만나보고 술도 마셔보고 정신없이

얘기도 해보고

그랬는데 봄바람처럼 피해지질 않아요

얼마나 더 아파야 웃으며 떠올릴 수 있을까요

얼마나 더 울어야 눈물이 마를까요.

우
주
미
아

사랑은 마치
깜박이는 신호등 같았고

나는 항상
뛸지 말지 망설인 채
언제 바뀔지 모를 신호를 기다리며

대열을 이탈한 유치원생처럼
배고파 도로에 내려앉은 비둘기처럼
누군가 밟고 지나간 아스팔트 위 껌처럼

무섭고 위험하고 비참했다.

우주 미아

사랑은 미리
깜박이는 신호등 같은

나는 항상
뭔가 반내 방면인 데
언제 바뀔지 모를 신호를 기다리며

때떡은 이적던 유기울성처럼
바느래 곳에 빼끌없는 비둘기처럼
누군가 잃고 헤메는 안전토의 껌료려

무섭고 외롭고 비함함가

Part 4

오늘이라도 위해

꿈

어쩌면
못 이루었을 때
이루어지는.

내일 일기

일기를 쓰지만
매일매일
습관처럼 일기를 쓰지만
있었던 일은 아니지만
만나보지는 못했지만
했다, 그랬었다가 아닌
할 거라고,
그러고 말 거라고……
내일 힘들 거라는 걸
습관처럼 잘 알지만
내 내일에겐 미안하지만
무너질 걸 알면서도
쓰지만
오늘이라도 위해

진
짜
가
짜

남들에게 모든 걸 이해받으려고 하지 마
다른 사람의 평가로 마음을 채우려는 인간은
그 순간밖에 행복할 수 없어.

아주 유명한 비밀

나쁜 생각은 하지 마

나쁜 기운이 몰려와

나쁜 말을 하지 마

나쁜 사람들을 몰고 와

나쁜 마음을 갖지 마

무서운 세상에서 살게 돼.

아주 오래된 비밀

행복할 때 조심해

세상은 니 행복을 훔쳐 간다

진짜야!

곰곰이 생각해봐

하루 이상 기분이 좋았을 때가 언제였는지?

이 세상엔 니가 행복한 꼴을 못 보는 못된 존재들이 득실거리거든

그 못된 것들은

먼지처럼 눈에 보이지 않고

니 생각 속에 꼭꼭 숨어 살고 있어

니가 행복을 느끼는 순간

그 행복을 훔쳐 가기 위해서

그것들이 잘 쓰는 방법 중 하나는

널 다른 사람들과 비교하는 거야

어때?

이해가 좀 가?

그럼 이제 고개 들어

희망은 땅바닥에 굴러다니는 게 아니야.

익
사

자살이라뇨

저는 그럴 용기 낼

주제도 못 되는걸요

그저

생각이 좀 넘쳐서

허우적거리고 있었을 뿐이에요.

눈물은?

눈물이란 애를

알다가도 모르겠어

굉장히 기쁜 날에는 주책없이 나오면서

이것이 정말 아픔이로구나

서글픈 마음이 이런 거였구나

하는 날에는

눈물은 꽁꽁 숨어버리거든

눈물은

나쁜 나라일까?

좋은 나라일까?

아니면 눈치가 없는 걸까?

길

어디서 왔냐고 한다
어디를 찾느냐고 한다
처음으로 가는 길을 묻는 내게
세상에서 가장 인색한 눈으로
세상에서 가장 이상한 놈 보듯
어디서 왔냐고 한다
어디를 찾느냐고 한다.

공통점

병뚜껑이 병보다 비싼 거 알아?

그래?

그럼 병뚜껑이 왜 병보다 비싼지도 모르겠네?

왜?

그렇다면 내가 왜 너를 사랑하는지도 모르겠지

그러니까

드디어 우리에게 공통점이 하나 생겼군.

차
이
점

근데 왜 병뚜껑이 병보다 비싸?

바보

그쪽이 할 말은 아닌 것 같은데

지켜주잖아

뭘?

병 속에 담겨 있는 걸……

영원역까지

사랑번 버스를 타고
영원역으로 가보세요
행복이 기다리고 있어요
사랑이 늦는다고 짜증 내면
급한 마음 택시를 잡으면
영원역은 사라집니다
한 정거장 한 정거장
노선 따라
설레임과 기다림으로
영원역까지 가야 합니다

사랑번 버스를 타고
영원역으로 가보세요
행복이 기다리고 있어요.

영혼으로 쓰는 반성문

돌아가신 할머니 얘기를 하시다
툭 던진 아버지의 한 마디

"부모는 기다려주지 않아."

도대체가 할 말이 없어
쥐구멍이라도 찾고 싶었던 그날
마음속으로만 감사합니다
마음속으로만 죄송합니다
마음속으로만 제발 건강해주세요
차마 양심은 있었는지
마음속으로도 하지 못한 말

"아버지, 사랑해요."

그
림
자
의
하
루

오늘 뭐 했어?

나, 난 뭐

엄마한테 전화 안 한 거 빼고

어제랑 똑같았지 뭐

오늘은 진짜 거짓말하고 싶지 않았거든.

오늘이라도 위해

자유

그래야만 하는 것도 없고

그래서는 안 되는 것도 없다

중요한 건

결정이다

정해진 건

처음부터 아무것도 없었다.

경험담 2

혼자만 사랑하다
둘이서 사랑하게 되면
외로웠던 시간들이
남 일인 듯 느껴지고
둘이서 사랑하다
혼자만 사랑하게 되면
행복했던 시간들이
꿈인 듯 생소해진다.

쳇바퀴 사랑

어색한 대화 속에 자연스레 말 놓게 되고
어느덧 마음 한구석을 차지하게 되고
그러다 장난치고, 투정 부리고, 짜증 내고
그렇게 정들다 사랑이 되고
사랑에 채 익숙해지기도 전에 이별이 다가오고
어느새 눈물이 되고 아픔이 되고
영원한 슬픔일 것 같다가도 추억이 되고
추억조차 희미해질 무렵
다른 만남이 다가오고
어색한 대화 속에 자연스레 말 놓게 되고

이러한 공존 속에
우리의 시간은 흐르게 되고······

사진 속에 별

가령

혹시

진짜로

현대 과학이

사진 속의 그때로

그 사람의 영혼을 보내줄 수 있다면

단

한 번 사진 속의 그때로 돌아가 다시 돌아올 수 없다면

난

어떤 사진 속으로 돌아갈까

모든 사람들에게

그런 현대 과학의 혜택이

공평하게 주어진다면

지금 지구엔

몇 명이나 살고 있을까.

오늘이라도 위해

난 가끔 하느님한테 전화하고 싶어

받으면 뭐라 그러게?

막살고 싶다고

막살면 되지 뭘 전화까지 해?

바쁘실까?

전지전능이 쉽나?

너는 왜 살아?

나……

여기 또 누구 있어?

그냥 어떻게 되나 한번 보려고.

착한 헤어짐

떠나갈 사람은

남아 있는 사람을 위해

모진 척 싸늘하게

남아 있을 사람은

떠나간 사람을 위해

아무렇지 않은 듯 덤덤하게

아니라고

죽어도 아니라고

목구멍까지 치미는 말

억지로 삼켜가며

헤어지는 자리에서는

슬프도록 평범하게.

발길

발길이 떨어지지 않을 때가 있다
순간접착제로
척, 붙여놓은 것처럼
땅바닥에서 도무지
떨어지지 않을 때가 있다
그나마 발길마저
가슴을
찢어놓을 때가 있다

미
련
2

돌아서야 할 때를 알고

돌아서는 사람은

슬피 울지만

돌아서야 할 때를 알면서도

못 돌아서는 사람은

울지도 못한다.

양치기 소년

가끔 나는 누구한테 화를 내야 되는지 잘 모르겠어

갑자기?

그럴 때 있지 않아?

어떨 때?

뭐든, 더 이상 참을 수가 없을 때

뭘 참고 있는데?

그걸 알면 그 사람한테 화를 냈겠지.

눈 뜬 장님

피곤해 죽겠지? 어떡하니? 그렇게 피곤해서……

사는 게 참 그렇지……

피곤한데 미안하지만

하나만 물어봐도 돼?

진짜 궁금해서 그래

대답하기 피곤하면 너만 알고 있어도 돼

오늘 하루 중에

널 위해서 몇 분이나 썼니?

피곤해 죽겠는데 장난하냐고?

아냐, 진짜 궁금해서 그래

니가 누굴 위해서 살고 있는지

뭣 때문에 사는지.

시인의 눈물

시인이 되는 시간이 있습니다
정해놓은 시간은 아니고
술이 달거나
음악이 귀에 들어오거나
쓸데없이 뭉클해지거나 하면
시인이 되는 것 같습니다
그 시간에는
한숨과 체념이
연과 행으로 나누어져
시가 되어버립니다
읽다 보면
한참을 읽다 보면
어느새 시는
먼 애기 하나를 떠올리게 합니다

시인이 되는 시간이 있습니다
그 시간에 주인을 잘못 만난 마음은
병원에라도 데려다주고 싶을 정도로
무지 아파하고 있습니다.

고양이의 기억력

친구가 생겼습니다. 조금 전까지 책상 위로 훌쩍, 뛰어올라 당신에게 쓰는 일기를 읽다? 당신에게 쓰는 일기를 보다? 당신에게 쓰는 일기를 맡다? 어느새 지금은 다시 식탁 위로 훌쩍, 뛰어올라가 귀엽고 처음 듣는 독특한 소리로 우유를 마시고 있습니다. 고양이의 기억은 열여섯 시간이면 지워져 매일 새로운 하루를 살지만 특별했던 과거의 기억은 마치 영화의 한 장면처럼 그 순간감정과 함께 떠올리며 평생을 회상한다는데 오늘 하루는 어땠을까요? 말도 표정도 아직 이름도 없는 저 친구도, 저 친구를 보고 있는 나도, 저 친구를 보면 지금 나처럼 활짝 웃을 당신도 오늘 아침은 다 이렇게 웃고 있었으면 좋겠습니다.

그
림
자
의
하
루

오늘 뭐 했어?

나, 난 뭐

엄마한테 전화 안 한 거 빼고

어제랑 똑같았지 뭐

오늘은 진짜 거짓말하고 싶지 않았거든.

그림자의 하루

오늘 뭐 했어?
나, 난 뭐
엄마한테 전화 안 한거 빼고
어제랑 똑같았어 뭐
오늘은 긴말 거짓말하고 싶지 않았거든